和風 人隨行

陳志良◎著

局長序　臺南繁花盛開　文學盡訴衷曲

臺南是一座屬於自然的城市：燦爛奪目的陽光照耀大地，盛開的蓮池飄散著清甜幽香；萬紫千紅的蝴蝶蘭綻放飛舞，隨著水雉展翅翱翔天際。

臺南是一座處處有情的城市：無論是鳳凰花開的離別衷曲，或是晚秋雨中的詩意採菱；冬夜漁家的揚帆滿載，還是稻香大地的揮汗淋漓，臺南斯土斯民、豐榮物產，透過文學的魔力，都成為這座城市最美好的風景。

臺南是一座萬紫千紅的城市，適合人們作夢、幹活、戀愛、結婚、悠然過生活。落花水面、好鳥枝頭、豐饒物產、人文風情，在在都撩動文人的心思，將書頁上的文字揮灑於吹拂的南風中，走過一頁頁歌詠的篇章。

致力發揚文學魅力的《臺南作家作品集》，每輯都嚴選作品、邀請在地優秀作家創作，為城市中的文學多元樣貌打造更安身立命的生長環境。本次第八輯收錄三位作家作品及四位推薦邀約作品，合計七部優秀的臺南文學作品集，文類跨越詩、散文、小說、兒童文學，承襲以往各輯的兼容並蓄。

本輯徵選作品中，謝振宗《臺南映象》以臺南地景人文發抒，詩作深入淺出、極富意象；陳志良詩集《和風 人隨行》意境高遠，語言和表達手法富創意，讀來頗有興味；林柏維《天光雲影【籤詩現代版】》以寺廟籤詩與作者四行小詩對比打造現代版籤詩，構想傑出、別具匠心。推薦邀約作品方面，則有對臺灣文學研究與翻譯極具奉獻的《落花時節：葉笛詩文集》；治史嚴謹且懷抱人道精神的《許達然散文集》；一生奉獻臺灣新劇的日治文學創作家林清文所著小說《太陽旗下的小子》；熱愛兒童文學因此創作豐富多彩的《陳玉珠的童話花園》。

今日的選輯，許多早已膾炙人口，更為明日本土經典生力軍。臺南文學永續耕耘，期待才人輩出、代代相承，一朝風采昂揚國際，盡訴古都衷曲。

臺南市政府文化局
局長　葉澤山

總序　文學森林的新株

文／李若鶯

臺南，文學藝術的城市，與文學相關的活動、文學的人才、文學的刊物，在國內都能引領風騷，堪稱一座文學的森林。在這座森林裡，有個區塊，是文化局兢兢業業經營的，自闢地以來，持續開墾，蒐尋適合種植的樹木，每年選種幾棵新的樹，掖肥使其根深枝茂長大成蔭，這就是「臺南作家作品集」。

一〇七年度「臺南作家作品集」第八輯，經編審委員多次開會討論審核，出版書單如下表：

編號	作品名稱	作者／編者	類別	備註
1	太陽旗下的小子	林清文　著 李若鶯　校並序	長篇小說	推薦邀稿

編號	作品名稱	作者／編者	類別	備註
2	落花時節：葉笛詩文集	葉笛 著 葉蓁蓁／葉瓊霞 合編	詩文選集	推薦邀稿
3	許達然散文集	許達然 著 莊永清 編	散文選集	推薦邀稿
4	陳玉珠的童話花園	陳玉珠 著	兒童文學	推薦邀稿
5	和風 人隨行	陳志良 著	現代詩集	徵選
6	臺南映象	謝振宗 著	現代詩集	徵選
7	天光雲影【籤詩現代版】	林柏維 著	現代詩集	徵選

從書單看起來，可以觀察到二個現象：一、現代詩佔了二分之一，其中徵選來的，都是現代詩。二、作者不是已經謝世，就是已年逾花甲。

作家作品集的設置，原本就有向本地卓越或資深作家致敬、流傳其作品的用意，表列前三位的專書，更是基於這樣的意涵。

林清文（1919-1987）是跨越語言一代的鹽分地帶代表作家之一，名列「北門七子」，其哲嗣林佛兒（1941-2017）也是臺灣著名作家。林清文最為人稱道的是曾經為臺灣早期舞台話劇的旗手，編導演之全才，以「廖添丁」一劇風靡全臺，惜劇本散佚，傳世作品只有寥寥幾首詩和一冊長篇小說。小說初以「愚者自述」為名，在《自立晚報》連載，增刪修改後改題「太陽旗下的小子」出版，早已絕版，今重新梓刊，由其媳婦李若鶯校編。日本殖民時期的臺灣人，因為族群、居住空間、殖民身分的時間長短、教育程度等等諸多不同因素的制約，對殖民者日本的感情十分複雜，感恩愛戴、懷恨憎惡的皆有之。林清文屬於一心向漢、敵視日本者，本書由作者出生追述到二十歲，對日治時期的農村、教育、個人生活與情感的糾葛等等，都作了告白式的敘述。

葉笛（1931-2006），如果你的時代、你的活動空間和葉笛重疊，如果你也喜歡文學，而你不曾和葉笛有交集，錯肩如陌路，那真是一種損失。因為他的作品，都是人品的印證、生命的履跡。我常懷想他辭世前二、三年，我和林佛兒與葉笛夫婦時相過從、縱歌放論的快意時光。葉笛的創作，雖然以散文和詩為主，他晚年一系列對臺灣早期作家的論述，篇篇擲地有聲，是研究臺灣文學非常重要的文獻。本書由葉笛哲嗣葉蓁蓁與葉瓊霞教授合編，精選其散文與詩作佳篇，希望讀者讀的不僅是作品，也能由其中看見一位人格者的內在風景。

許達然（1940-），國際知名清史和臺灣史研究學者，臺灣當代最重要的散文家，也是一位重量級評論家與優秀詩人。國內身兼研究學者和創作作家而都能遊刃有餘如許達然者，並不多見。許達然自年輕留學美國後，即旅居美國，但和國內學界、藝文界給終保持密切聯繫，作品迄今發表不輟。許達然和葉笛為至友，葉笛臨終前臥床數月，許達然幾乎每日從美國來電殷殷致問，情義感人。本書由莊永清教授選編，許達然的散文很有個人的獨特風格，特別在語言方面，盡量不用成語熟語，創造許多獨創的活潑語詞，讀其詩文，每有別開生面的驚歎。

本輯還有一本邀稿作品，是陳玉珠（1950-）自選集《陳玉珠的童話花園》。陳玉珠是國內知名童話作家，得獎無數。我常抱憾臺灣的童書有二大缺失：一是題材傳統守舊，老故事說來說去，卻又不能因應時代變化給予進步的思想引導；一是語言的文學性貧弱，故事是說了，情節是交待了，卻不能順便提升讀者（特別是兒童、少年）文學美學的薰陶。從這個角度看，本書是改良童書。作者自其歷來創作中精選三分之一成書，作者本身也是畫家，所以其故事充滿豐富的形象描繪，每每使讀者眼中看的是文字，腦中浮現的卻是一幕幕影像。

本輯另有三本徵選出列的作品，都是現代詩。

陳志良（1955-）是資深知名書畫家，其實，他寫詩的資歷更早，在高中時期就開始了，雖然他後來以繪畫和書法馳名，詩也沒有因此擱淺，他一直沒有停止以詩的方式記錄他的生活、他的思想、他的情感。他把詩，用繪畫般的書法表現，或題寫在畫幅中，早期文人以詩書畫三絕為藝術追求的至境，我個人認為，陳志良的作品，不管是繪畫或書法，都是詩、書、畫交融的表現。本書為作者寫詩四十餘年的自選集，作者的心境和生命觀，其實，已體現在書名中。

臺灣的作家，有很多同時是教育工作者，也許因為他們的學養，使他們具備寫作的技巧，他們從事的是與「人」相關的工作，觀察閱歷既多，塊壘自然形成，在一吐為快的催化下，作品於焉誕生。但也不可晦言，教職者的創作與專業作家相較，常顯得在語言的活潑與題材的創意方面略遜一籌。本輯二位徵選脫穎的教師作家，卻難能可貴的表現了專業作家的水準。謝振宗（1956-）在臺南教育界服務三、四十年，因地隨事摭拾而成詩，把與臺南相關的都為一集，《臺南映象》留下歷史的紀錄，也留下個人的行蹤形影。林柏維（1958-）的《天光雲影【籤詩現代版】》，看標題就很吸引人想一探究意。我年輕時，曾想過把中國經典《詩經》的每一首，都改寫為現代詩，行動力不足，沒能實現。林柏維的作品並非改寫，而是被「籤詩」觸動後的自由發想，每首詩既是自己的情思哲理的映現，又要與原籤有所呼應，若即若離，不即不離，更不容易，是首開前例的作品。

最後，恭喜臺南市的作家有機會出版、流傳他們的佳作大著，恭喜臺南市政府，轄下有這麼多文學人才，年年有優秀的作品再接再勵。希望以後有更多樣的書籍、更多年齡層的拔秀作家，一起徜徉府城這座文學森林。

自序

我在就讀高二期間，有機會接觸到「創世紀詩刊」，被其中新詩的寫作方式深深吸引。從那時起，就開始嘗試著創作新詩；同時在里爾克「馬爾泰手記」的影響下，也寫了一篇約一萬五千字的小說。

高三時期，師從朱玖瑩先生學習書法，之後考進中國文化大學美術系，正式學習國畫，畢業後持續從事水墨創作至今。

傳統國畫是將「詩．書．畫」三種結合的藝術，畫中題詩，向來不外傳統詩詞。當時我想：何不將「詩．書．畫」三者分類來創作？於是當我在創作水墨畫過程中，也一邊在腦海裏醞釀詩句，用文字來鋪設寫生當下的景況；這樣一來，又把水墨創作拉開，進入詩境化的創作。這些詩作裏，包含一些描繪台灣各地的風情，如：墾丁遊記、日月潭、好美里的美好時光、沿路之一、合歡山的一天、大城看向大海、天空的院子、將軍漁港、石厝溝、月光小棧、香林路等等，都是這樣產生的。又如我愛喝茶，不時會前往嘉義友人林翠華家，享受絕妙好茶的滋味；每去一次就寫一首，就這樣產生了「茶敘」系列。還有關於生活的體會和回憶，斷斷續續寫了「日子」系列。當然仍有一大部分是有關自己內在想法和信仰的作品。在這本詩集裏，我不打算將詩作歸類，而是依照時序進行安排；也許時間連續性，可以透露出作者一些心境變遷的痕跡吧。

二千零五年，我跟隨張添原老師研習甲骨文書法，探索古人造字源流，進而對「字」又有更深一步的認識，深深體會到：

字是一瓣開脫的玫瑰遊蕩在心海中以花之名停泊筆尖上

字就是道；字如刀，切割現實與我，萬物被定義
每一天的日常用語都是一團文字遊戲
文字是漫遊太虛的一口視窗穿梭表象與意志的世界
文字常在我無助時與我為伴，帶給書寫者寧靜、並在自言自語中默寫

總之，這本詩集呈現我四十餘年來，對生活體驗與生命感悟的點點滴滴。感謝臺南市文化局，舉辦臺南作家徵選，讓「和風，人隨行」詩集得以出版。

感謝林佛兒主編，在「鹽分地帶文學」刊出詩．書．畫系列—從四十四期到五十八期，增添了我對寫作的信心。

感恩謝蕙嬪女士幫忙初稿打字整理，黃冠豪先生的校對和建議。還有很多人的鼓勵和幫助。

以馬內利

二千零一十八年七月　陳志良於臺南

目次

憂的陰面

迷失在試管頸口的一聲喊叫
僅有的……　說說笑笑的玩意罷了
你真認為你　他真認為他
有一冀求的碎玻璃瓶裝滿了塑膠的蒼蠅
也供人發肉包子混揉了一具賣座的戲班
為了演出自殺而成了喜劇

1975・3・6

墮

封閉的水滴流入癌胞成腐朽爛的一點鹹味也沒有
似蒼白的游泳池的自來水是人工造化的癌胞是封閉的水滴

創世紀的啟示

初醒之時
空虛隱喻在痛悔的荒原上
無從壓抑的意識靜默於轉捩點
期待的空間完成在未來的信念之中
觸於信心
朝暮的祈禱坦白自己在現在的永恆
從曖昧的倒影對稱
心的肖像於無數重疊空間的一片鴻溝
佇立出人羣的疏遠

在憂懼之前
半是上帝
半是兒戲
偶然也止於命定
虛無的意志將色彩燻染情感於記憶
或有涅槃
超脫可提及一個我　在一切之先
在終結的生命冊
殘留著歷史或多或少的血漬
無非是為了停留在這一片刻
留著你　我的所有
等待心靈的冥契

1976・11・15

起初的愛

媚我的　是我的夢
在你我間
快感於肋旁流出的血
沾上祢的唇；是白色的信仰
在復活淚流而手遮著的臉又有什麼表情
於最後各各他的路上
無言歌的催眼會有什麼樣的夢
咆泣

膜拜的與鞭笞的
那時無妨哼著嬰兒的哭聲
有福的憫恤是女性的呢喃
嫉恨將是多麼地無助

197 □

唯美之一

你；象徵的一個我
想是　一場夢
除了接受
猜疑就是不幸
美感給予思想的選擇
一切將是苦澀

197 □

唯美　之二

以出神的面孔結識了第一印象
在自然與假設之間　扮著角色生活

深陷在眼前的暗
有著探索的胎兒
哭過無盡的軟弱
使完全
於成長的意志　因罪以致於自由
錯誤將會是什麼證據

1977・3・15

尋

走了遠方於秋　酒之
引泉聲
枯　樹上一枝葉
無青
無碧　在寺上之翠

1978·2·5

獨·你的

寄情於
望風的；一陣興致
凝視你 虛無
卻不見於獨憂
媚於你
而不懷無限的等待
又似惜別
如你記得

或你　或你的　響鈴
一串　另一串　迴蕩
在荒煙下
伴隨傾慕而來
何獨沈默
徘徊在心
如似尊嚴之外的和悅
在捉摸
在淨化
唯死
感於心服的歸宿
無視一切。

記一段斷續的往事 之一

年少
不知天
天在大千的輪迴中
如無所有的
一手撒盡的沙塵
原始的；什麼都不重要

197 □

記一段斷續的往事　之二

裸猿的羣居
中間的　非你我　塑造的浮生
唯
少年　你與我　新娘變新郎
舞著袈裟　當了和尚
斷了臂的菩薩為佛撐腰
方外……

197 □

愛情神話

誰跟誰
是緣
或者是一種生存方式

故國

我知
必須經過遙遠的路後，才能到達你的身旁
那是夢誕生的地方

裊裊的檀香煙，飛走一個天來
木魚聲　引導我
敲敲坐臥沙漠內的廟柱
有一取我名字的山羊

1981・10・4

牠已睡了。　四千七百一十二年
那日，有一黃人
挖了牠的眼睛　拋予天際
左眼變成了太陽　右眼成了月亮
後來，有一白人
斷了牠的四肢　棄於荒郊
手指變成了五嶽　兩腿成了江與河

後　來一黃人
臥地而眠　瞑瞑之中聽到牠的心跳
綿綿之號聲
牠的眼淚　如雨而下　淋漓了黃人的衣裳

雨下過了這一山
又那一山
這一丘　又那一丘
直到天山
三月之齋戒
山羊入生夢之地　如常人
那日過客於我　同飲清茶
吐納如風之遙　輕輕慢慢　隨音隨影而行
思水　水出
意汝　汝現
偕我與羊　生夢夢入
不忘歲月

不念你我

　　如水之流　無始無終

　遇月成霧　漫於無間

牠抖去身上的塵土

塵埃紛紛而落　一塵埃一顆沙

一顆沙生二顆　二顆沙生三顆　三顆沙生沙河

飄飄又復歸於塵；而成樓蘭

三月之齋戒

山羊出生夢之地　如大地

那日我過客於羊　來到牠的身邊

輕撫牠的臉

馬蹄與鑿痕所遺留下的殘骸

與風化歲月又復歸於塵土
我在牠的身旁　徘徊　徘徊……
　一年　萬年……
牠漸漸地沈入於大地；脊骨成了長城
以後；我不再見牠的容貌了。

如今　我在觀音山上觀天
日月同出
月隱日現
我的右眼汪汪而淚
雨又開始下了
從這一山到那一山

這一丘 到那一丘
直到夢生出夢

神遊

敦煌神遊
晉六朝
崑崙寂靜

日月之輪迴
是摩崖，亦是極光
總有消息
也不過男女

透不出六根婆娑
蓬萊何處
嘉南小農夫

1983・5・21

台南孔廟

牆與廟　廟在人心中是憑弔的地方
　　牆是古老的象徵
台南孔廟就在忠義國小母校旁
從小目染其古拙　每年祭孔　那天熱鬧非常
過後　又淪為古蹟編號

198 □

華岡生活小記——丁卯陰九月

四年過
長安小築
覓年少舞酒
白癡
小山
散去南北一人
華岡山風落嘉南

樂
一回事
痛
一回事

三月雨停

那要來的日子
如那日
看你的時候
想你；想得很遠

如掉了線的風箏
沒有了手，沒有了線
是縱懷；也流離
即使留個影子在心裡也好

1983・5・4

1983・12・15

書簡

牽手的時候已過童年
唯
信簡上還留有學生時代的影子
守著倆
一往隨口的暱稱

198 □

作客

光陰小竹窗
霧散客來茶
閒下　一般胡亂
心頭如清風逝去
你說　再來
鳥語花香

198 □

院子裡

門庭身子深了
剝不掉
白霧的依偎
貓的瞳孔大了

198□

秋

九月霜
抓緊了葉
縮
我與大地　無舟擺渡

散步

雲北下
竹林一趟
小路清清
人影猶新
識得
月斜　時非人間

198 □

憶

丁卯入冬
下午
上竹林
三人一路　微風
耳語
呼吸心跳
只聽得一個唵聲
直到想起
稍縱即逝

2002

墾丁遊記

和風
人隨行

在光・草的綠中
放下眼目
看見
有回聲　說
夏　天

2004・8・21

七股

浮雲七股天空
行坐水台樹岸
潮汐間
飲風說雨四季
琵鷺知返

樹聲

靜靜地

望著樹梢搖曳的葉子
如歲月的漫步

牽掛又想
飛

2005 · 12 · 16

安平小鎮

門　總是開著的

坐下

等

蚵仔煎上桌

嘗了三十年的滋味

回憶長了

木麻黃少了
孩子也大了
門　總是開著的

2006・5・14

玩耍

四月小雨紛飛
　送來
午後的清涼
慵懶在睡・醒間搖擺
　沈浮的眼皮
拖著一張小兒的笑臉
嬉戲在鳳凰樹下的鞦韆

2007·2·21

想念

想往
十七號公路去
因為冷的日子
候鳥已到北門
鰲鼓又遙遠
開車北上

左右的魚塭鹽田
說著一路的台灣

2007・3・27

日月潭

在水社的陽台
等候白紗

是雨
穿上山
鋪下水影

茶紅綻放
風色不定

2007・6・3

封閉

判決書根據「有人，說……」
就為仇恨找著了藉口

煎虱目魚肚的味道喚不醒歷史的味覺
原來；有人說
夜色是自主的肉體使用
便將土地上了封條
在那日以後
沒有人將心事說出

2007・8・4

休息

黃昏後　雲似灰藍

風微草笑　希聲不息

2007

默想

幾個月前得知「內在生活」特會的消息
從那時起　就將這事掛在心上

時間終於來到……，主　已經在那裏等我們

聚會中，我坐著
祢卻靜靜靠近

因祢的同在，使我靈自由
我如一杯安放多日的水
水中的沉澱物緩緩落下。

偶而，悄悄離去
也覺得在你眼目的遮蓋裏行走，
因我的生活、動作、存留，都在乎祢。

親近祢
在我心中　願祢坐著為王。

2008・2・2

親近

我的愛　不曾離開　話語不斷

新婦在一方安靜
無理　睡的很甜

逾越的使者只來一次就帶走了歸人的孤伶
一封回信漸漸打開
就不再從家人的晚餐中離席
用餐中　話語不盡

2008・3・9

偽藍圖

切個口
流出污血
才可以上桌吃飯

鎖住迴避的眼神
就在銀行裏來來去去賣出
成交後，又鬆了一口氣
再切出一個傷口

假裝子宮出血是無法改變的事實

他就笑了

2008・4・5

發聲練習

終於走到結局
還穿著法官的戲服
宣判　血是藍的

錯覺中竟忘記回家的路
仇恨　成了自己的鎖碼
持續不停的宣示　如牢的緊縮

沒有家
沒有家的人
如發聲練習

2008．7．6

帶晚餐回家

烏雲已遠
雨絲零落
紅綠燈閃爍
和小孩停滯在斑馬線上
注意著路面的水窪
大步小步
越過瀝青的黑

小孩指向家的巷口
要與家人用餐

2009・1・28

私

一生帶著身子　行走
曾在子宮　獨處
在水中　溫暖
成熟被買
在幔子從上到下裂為兩半
看見自己

2009・6・8

語化

食物　筷子夾來吃
詩　拿筷子夾來吃

在早上
在中午
在晚上　病　喝著花語回來
　唱著
肉是可吃的

血是可喝的

三天時光的返回

之後　語化

策蘭　溺水

妙津　刺胸

2009・9・28

謊

七月是個謊言
人的身體在發光
正午，打開了拉康的鏡象
在人群裏，無助如焚香的一點口紅
卻惹來第一顆石頭的指控
敗　是個罪案

2010・3・2

花不開

乙酉　二月府城
南寧街　黃花風鈴木盛開
行人佇足觀賞，攝影留念

丙戌　二月府城
南寧街　黃花風鈴木盛開
行人佇足觀賞

丁亥　府城

……風鈴木花開……

戊子　台灣

……花不開……

己丑　二月府城

南寧街　黃花風鈴木稀落

庚寅

2010・7・13

自覺前

飲食和男女　交談如舌
向光掉落　夢內漆黑
暗中走著開花
如小孩的樣式被贖回

2010・9・19

新婦

被買來的
來自罪　浮游在眼膜上的殘影　看向啟示
《被愛的女人最美》
我們口說真理

2010・11・28

聽人唱歌

歌聲在流浪
你的朱唇一句一句說出了真心話
人們心中的故事接著另一個故事發生
時光中有人在歌唱
像腳步　像拍手
像爐火的風
像花落的繽紛
像愛上了女人的滋味

歌兒一直在吟唱　吃喝流浪
美好的事，常說在嘴上

2011・1・3

守著海

坐看　浪舞

一前一後日夜不止息地跳著喜、怒、哀、樂

很訝異　我竟看到自己在其中飛舞。

2011・1・3

好美里的美好時光

季風南下　微雨
寒　讓全身著了顏色
是風吹的顏色　空氣都上了濃粧
滿天的雨絲　如　散開了的心思開始安靜下來

2011・1・25

失真的年代

不成形的夢　在呼吸
生活的點點滴滴不經意的流出
傷痕。
笑聲一直在回覆謊言
失真的年代　就是我

後記：「西風帶已消失　天使越界而來收割；口中的甜蜜　腹裏的苦澀都在一本書卷寫成　哀歌、悲歎和災禍。」

2011・4・15

茶敘——到翠華家喝茶

荷　枯化後
靜　起了個頭
舞　不止息地飛
葉，的一個
飄
不設限地往水

閉目　微笑憶往
遠方的是非落盡
茶席未散

2011・7・15

生活

記憶在飛　每一天的故事都是真的
人在飛　我察覺我的裏面是活的
而祢近在眼前
思念已浸身火中　狂喜愛情
我在飛
在光中
每一天與你見面　美好的事就在眼前

2011．10．6

無無

在遮蔽中　天對我說謊
屬於土地的　都不是好東西
消失的碑文
字跡已淡忘　你不曾熟悉的刀刃
不敢走出去的怨　也悄悄的散了
雨却把家　洗了

牽著小孩的手　一路上　拾取自己
像　醉月無我
像　戲夢無心

背著天與地
依故　亂髮飛舞

2011・10・9

感覺很好

前之靜　染　心情
茶　躺水　輕
慮　不再滴下
過來　自己自己
走進　光　我開始說話

2011・12・7

死亡

旗魚的藍不須要面具
以卵的姿態前進
群　與色彩以光之名　無所不在
往下　石頭之下　眾水伏行　無處坐臥

2012・1・29

安排

之一

開往新北投的火車上
一位少女無奈的承受對座老婦的勸說
半垂的眼簾　眼神往下看
預知未來的日子
已安排好了

之二

『耶穌
我怎麼會在這裏；
是祢嗎？』

2012・3・25

喜歡安靜

再一次　他們無故恨我
挖出了苦　挖出了陽光　挖出了神聖
很容易消失於世上的螢
爬動在傀儡線上　吐出傷心

被污名的眼神送出淡淡的話　一句接一句地死去
沉默………中說出無助
到最後………一片寂寞
整個心卻暖了起來

2012・3・26

酒醋與血水

起初與話語同在
沒有啟示的靜默　氣息已枯萎
白晝與陽光　原是兩個人
細麻衣　該穿在誰身上
但願有人　自座位起身　按我門鈴
拿錐子將耳朵刺透在門板上
休書已來　婚約也到
殺蛇的刀　滴血在水變成的酒

2012・5・22

不自禁

同一問題
同時寫入身體
圍牆內生命樹的諾言依然冰冷
我和我自己沒有風景
十八歲　青春流動快活
女坐在鷹眼中神遊
自由的滋味很淡
越過期待　什麼事都將發生

女人自在地　走在路上　很美
我一直往你靠近
十八歲的身子一切轉動如水
窩在雙瞳中等待
不經意走入客西馬尼園的交談
微語中　愛情已漸漸染開

2012·6·11

生生不息

一畝，千畝的水　種荷種稻
西風，南風的雨　生穗生息
今日　白河作客　看荷　離塵片刻
菁寮墨林　觀稻　生生不息

註：台南市後壁區菁寮里、墨林里，以產稻出名。

2012．6．29

虛時光

悲劇事件　離我們很近
我們不是朋友
交換腳步
更改契約來自中國的貴族
更多
內衣外穿的心理戲交流金錢與身價
假冒為善　就在我們中間

我們不是朋友
歷史場景劃下期限和疆界
角色本是虛擬
一九八九　五月十八日夜　時光遺失

2012・7・6

獨行

禁忌總寫在下一頁
墮落翻過血氣
想
再嘗一次　隱私

2012·7·13

假借　德拉戈莫申科

你若不來
沒有人知道絕望
你來
叫人瞎　也使人失溫
每個人體內　都活著一個聾啞嬰兒
以恆數信仰自己

2012・7・22

安心

天生下來第三眼不曾合眠
安心　在空之前　定了
不滅的
第二個生命寫在墓誌銘上
解放的身影　就在鳥語中

2012・8・18

留白

始終，一個人
無法走遠。

罪與罰在紅橙黃綠中糾纏
人如回溯的鮭魚滿身是傷
神往原初　留個空　分別自己

2012・9・1

閉塞

語法已更改
不允許為自己的存在添加新名

灰幕

成長在不受歡迎的人群裏
什麼都不能說
冷漠在權勢下玩弄恨意

2012・9・1

沒有光

找不到任何出口
在電視前　發呆
在臉書　　按讚
從墜樓中　驚醒

魘

有蛇潛入陰道要吞食子宮內的胎兒

2012・9・1

惡者

龍自西而來　頭上伸出三個角
在頭頂左邊的那角上面　再長出一隻新角
高過其餘三個角

惡念

祂說：因為不法的事增加，許多人的愛心就冷淡了。

他說：一切依法行政。

2012・9・1

異夢

一九九五年閏八月　作異夢
我看見一片荒土
像似田寮的月世界　寸草不生　土地枯黃
我問：這是什麼地方　怎麼如此荒涼
回答：這是台灣
我心中非常驚訝
接著；有來自天上的光，照在這荒涼之地
枯黃的土地，瞬時反照出上帝的榮光
因這榮光極大，致使眼睛無法直視⋯⋯

2012·9·3

澎湖重遊

靜坐山水海灘
問三十年光陰　是斷，是續
二崁風光　花宅塵封。

黑潮來去
貓嶼飛鷗安居

註：山水海灘：地名，澎湖知名海水浴場。二崁和花宅皆屬古厝聚落群。

2012・9・27

屍政

表決失控後
分贓身體
撿骨　令人胃部緊縮
思辨不停地在惡念裏折射

註：獨裁者過的是政治時間，會議是他的肢體，下達仲裁穿過他的意識，
就有吸食毒品的快感

2012・9・27

真情

淚水不自覺地滾滾流下
原來　一直想說的話被掀開了
莫名的指控將心推向焦躁
許多的回憶和交談在體內作響
一陣傷悲、一陣羞愧
由意識冒出流言掠過不堪的餘生
暗處
血灑向過去和未來

2012・9・29

我的同學男生和女生

在人間分手或婚約如火焰和灰燼
將化石燒成私人日記　可以歌唱
讓大海發聲　以四年那片山　擺下舞台
視角內逗留過的臉龐：一笑　手足之間
隱隱在關節作痛的寒　是一口老酒

2012・10・3

允諾

難以信守的約定　在歲月中漸漸成了一條路
撥動心弦繼續走
與生活擦身而過，才發覺輒是輕省的
不用掙扎
已經到了婚筵現場
看見所愛的每一個人

2012・10・20

權慾形

作愛後的沮喪
塗上一層薄薄的虛榮
剛好是一餐的溫飽
我看見他：退縮
在戰場上自慰　焦慮的四年
昨日在鏡子裏發表真愛

時間隱藏未來

老，熟悉病弱的作為
上網在雲端
連結時空是否知曉這一口氣的長短
算一算
鴿子叼著橄欖樹葉回來　已七天
踏回塵土
原初詞已轉成雙複字
人男人女人
以　弦　參透十一象度內的他者

2012·11·11

壟頭寫字

你不是
三月懷春　雨天的遊者
來酒　奉上一月山色
尋水聲作樂
喚你名　引唱東風
雲瀑無聲　楓葉聽得　風涼露沾　快意心頭
欲往　那白紙上打滾一番
墨客疾書　若孤鳥驚飛　忽左忽右
不知何從　如我

2012·11·24

生命是掛著的

生命是掛著的
人是如此　花如此　魚也如此
重力如刀　拉下一聲長嘆……
還將摩西的面紗帶進卡繆的異鄉
在七十個七次的審罪之後
已習慣承擔責罰
生活緩刑
茫然呆視　掛著的你　時而美麗　時而貼心

2012・12・3

日子——小時候

舊日子是好日子
浪漫隨時　美感稍後來到
唱一朵美麗的茉莉花
喝一碗叫賣清晨的豆漿
在小巷狂奔　繞著家長大　那是童顏的陶醉
門前老榕　默默如神　似懂冷暖人間
含風以對小孩眼裏的秘密

2012·12·3

日子二——會心

舊日子是好日子
我們不必交心
時光依然在旋轉
會心的事　就在除夕夜
故事說：爸媽　你好。

2012・12・9

日子三——相信

水和鬼　四濺
天目魚目共飲繽紛落華
含一口滿滿茶香
走
長長石堦
人，很近。　近到相信

2012・12・23

日子四——吃飯

舊日子是好日子
我和我的　皆奔向自己
拿起阿嬤的話　吃在口中
好叫魯麵提味

走、走、走、走進熱鬧
買一張微笑的臉回家
再聽得　隔壁嬰兒哭叫聲
該是大家吃飯的時候了

2013・1・13

淡水散心

水在焚燒城市的色調
等待花謝的夕陽　畫上一岸紅牆
消散在瞳孔泛虹之後

轉頭
深巷一隻家貓　注神於我　不動氣息
老街　五光十色

我與你

面對面
你讓我看見祢
祢讓我充滿水
充滿血
充滿火
充滿光
我原是在你裏面

註：「我與你」，書名，馬丁．布伯著

2013・1・13

心機

三月十九那夜
漸漸清晰放大的舌頭
依慣性使用色彩闡釋非自然法則
每次對話　都是一場設局
以六四之數設定金錢與謊言的合法比例
借用清廉來回計算
彎曲的靈魂如何變性

2013・1・29

倒錯

意識形態在焦慮上整理人性
分不清風景　或是心景！　無妨
將錯亂的日子反白
根莖影印千高原

2013・2・16

日子五——彗星

童年
清晨窗外東方彗星明亮
預感
成長　長大是一縷漫長的遐想。
每次猜疑　都發現暴力
虛實反覆未來
不安指定北方
西門城下　紅瓦陋室

歷史懸空　定局透明如刺喧叫

度日一般愁苦

2013 · 3 · 7

壞

門牌掛著貪腐的威儀
司法低頭走過
台北正流行十元商品的面膜
趕往馬槽祭祀國運
與官商一同　頌讚
「清廉肅貪　太極雙星　非核家園　油電雙漲」
留一杯白水　調和貪婪　使核四好吞嚥

2013・3・16

日子六——沒事

雨滴寫在清水模牆上
潦亂的筆劃：沒事。由淡轉深
凝神　看人　在催眠中唯觀
也抓不住漸漸淡無的字跡

2013・4・1

三月心聲

日子難過
說不上的悶
低低走著
只是走著
疲累

工作回家後的失落
等不及憂傷昇華

終於
衝進
心裡
哭

2013·4·6

日子七——老友來

人情在舌上繞　溫暖並不陌生
你的視線　在人間　在人性　高低起落
機遇捉迷藏　一生幾來回
當下
滲入了　酸甜
轉念間
來信明白
老友已有新家鄉
隨節氣南下的斑蝶　再來看花

鰲鼓之海

擁抱濕地的生機是今日的陽光
鳥　預知
寒暑已穿身而過十七號公路的陌生　入境無人
鰲鼓的水面上孤立的漂流木鸕鶿孤立
消失的地平線上　人大步大步地走

2013・5・1

賭騙局

今日聽信謊言
月底結帳付出苦難
憂鬱蔓延　藍色小精靈解毒
勿忘　出賣是魚翅宴的貞操
說謊者滾動的天堂　是獨裁手握警棍的賭局

2013・5・8

沒聽覺

菜蔬的心情　和市場一樣混亂
我嘗過它的苦和農人的酸
勞工的心情　和工廠一樣吵雜
人卻沒聽聞

2013・5・9

熱情

身體是帶著血
存在比愛更近的燃點
在你體味散發
之前，一定要先殺了自戀

2013・5・14

規避

從小時候就開始
天天吃發酵的語言
那看不見的心思　已學會變裝
伴隨肉體記憶　慣性地往掩飾靠岸
在徬徨間　自然而然　以規訓與懲誡保護自己
之後　暗示愛情和親情的不足

2013・5・14

日子八——親情

從小時候就開始
天天吃媽媽作的便當
那看不見的雙手，已安然放下。
伴隨身體記憶　理性地往思念走去
在安靜時　自然而然　感恩於父母的付出
之後常在愛情和親情中交談
如昔日　如現在　如未來相會的聖餐

2013·6·3

和菓子與抹茶——到翠華家喝茶

茶氣緩緩
嫣紅的臉　笑笑
西安之玉莫出聲　帶酒迎香
一口說是　雲龍　鶴宿千年松
溫溫茶末　暖暖入甘　內心呆靜

註：西安之玉、雲龍、鶴宿千年松，皆日本和菓子之名稱。

2013・6・21

沿路　之一

四十年前的路　記不得是什麼樣子
一張公開的介紹信　曾說：

「這孩子很乖」
炭化的回憶一直往內縮
鹹的味覺終於空出一條路　使任性的嘴斷奶
青鯤鯓　在一連串衰敗中自足
　　在殘疾的身軀上更接近海風

丁丑年過　才知道　西海岸是塩的故鄉
醃漬白色的人　白色的城市　和白色恐怖

2013・6・25

迷惑

嘉南米鄉為何長出荊棘
安居之所一夕崩塌
迷思的群眾被帶進一層又一層的不義
暴虐担在雙肩　電光三太子作法驅魔
守護家園的香火更加熾熱。

2013・7・2

沿路　之二

每一個人都有一條屬於自己的路，我也不例外
這一段路穿越西海岸的塩田
在一九九五年到二千一十三年間，我來來回回
不知走過幾次……
經過時　它讓我想起小時候
　　　　它讓我慢慢認識台灣
　　　　它安撫我情緒的壓力
　　　　它讓我與珮在開車時有交談的時間

走上它

總有一股莫名的喜悅湧上心頭，

好像造我的塵土，是從這裏來的

2013・7・2

將窗打開

「我站在門外叩門，若有聽見我聲音就開門的，
我要進到他那裏去，我與他，他與我一同坐席。」

若有人聽見風，就將窗打開，
國度要進入他裏面，他也在國度裏面萌生。

若有人看見光，就將窗打開，
他已進入創作，創作也在他裏面發生。

兩扇窗同時打開
這是人的內心世界
不用視覺，不用聽覺
人透明如空氣　隨風而轉

註：風，聖經中與「靈」通

2013・7・2

山鳴

時間是冰河與火山
深度在第三日黎明之前翻摺
洪水和岩漿　日月交替
深淵與深淵響應
太魯閣的咽喉在錐麓吼叫　聲聲打在福磯石版上
這是頌讚　也是永約。

2013・7・6

鏡象 之一

靜觀與心 門外過客
轉念 不作詞
謝謝常說在嘴上
無意 遇上火花
欲將圖色
似忘 似惡
隱藏的
完全與聖 開門就是

2013·8·11

靜謐與光

反光閒置腦海角落

第一句敘述：要有光

先存於水的光　先存於我思

在左心室靠近虛無的座位上　自覺慢慢坐正

怕光的藍染布複製的花終究會褪色

光　是生滅的隱意

仙人掌的神經早已延生在體外保護自我

沙漠旅人只會往井的方向前進

光　不是空間裏的時間

2013・8・11

大城看向大海

大城　小村莊　遠處　白茫海光　蚵農渺小
風　吹散的潮汐　大地一片紅天黑土
從晚霞上來的人們　趕著回家　隨潮落　再來大海

2013·8·19 補

逗句

烟草檳榔米酒
童年過客朋友
北門西風候鳥
夕陽暖暖
一家人在南寧

2013・8・29

工作

台灣人像芒草一樣興旺
當晨光穿透緊密的高樓
趕上班的人群在城市光影間穿梭
半暝半語：「工作」
重覆的自白　夾雜在喧亂的十字路口
一天過一天

2013·9·23

明白

陌生　令我放心
牽絆　遠在家門外
相依　緩慢如同身體性別的認同
我和你　不遣是非
往前的意志　茁壯　你就是神
記下蛻皮的允諾　不用告訴任何人真相
人，人性　解不開的兩端
父與子　對談兩人　存有第三位格的感動

我們愈顯真實
我願
參加婚禮　回看你的身影　如狂草
下一首詩　已成小路小調　細細撥弄
原來　想家人想耶穌　是閉目聽得心跳的朗讀
自一九八九年到現在　同桌用餐　談論真實
站在丁字路口　聽得先知的啟示
直到異象中看見公牛不動　退離鬥牛場

我來到這裏
是否已穿越「明白」

2013·10·9

政爭

九月惡　詭詐蟄居人心
古道羞　假冒數位言說
今寄望者　可任誰爭鬪！
落葉飂　歸鳥稀
府院無人返
獨唱一場楚歌　親刃犬狗

2013・10・21

藝者之路

走在枝葉
隨心看著飛翔
對你敘舊
一陣不安之後　才卸下華麗雜念
一紙水墨　一頁契書
飛白的三十年
情　走得急　不願作聲
藏在內室的狂熱　隨夢躁動

今日放下雙手
在清澈見底的溪流中　找字
石頭和水　在水中逍遙
冷　令人愛

2013·11·2

天空的院子

院子裏有天空
沉放石堦中
苔點上　是我坐的地方
那從山上來的心情　將傘打開

註：「天空的院子」是大鞍山城民宿的名字

2013・12・12

漢寶潮落

十一人
十二道風
鐵牛仔車的響聲開闊了漢寶傳說
空無的天地充滿呼喚
掩不住的好奇　在地平線上橫飛
候鳥的身子壓的更低了
挨近黃昏的溫暖　秋蟹潛入記憶的潮間帶安居
寫生的筆觸　被日落拉進土壤的深處

2013・12・13

四草之旅

南風的雲朵
一片一片溜進台江天空
在晚霞漁唱的時刻　舞出色彩
一幕一幕車外的視窗　穿梭在四草大橋上覓風光
都市人的煩憂隨公路而遠去
心情如安平巷弄　白牆剝落

2014・1・13

將軍漁港

夏日的白雲由南洋緩緩而來
照映在艷陽下的將軍漁港　水天清藍
望向出海的航道　想起江蕙唱的一首歌送君曲
歌詞寫著老一輩離鄉的惜別
而我這一代所經歷的是：
戒嚴時期　海岸線全面封鎖
到海邊是我們小時候生活的禁忌
現在是親近・認識南島台灣的時候

2014・1・13

墾丁下雨

初冬清晨　人在龍磐公園
剛颳起了北風
雲層很快　就來到了上空

陽光穿透雲層間隙
浮光游走在海面　忽明忽暗
醞釀著一場前奏曲

不久雨開始下了
一滴一滴飛逝而來
風雨一陣一陣打在大海上
千千萬萬的小光點　閃爍著里爾克的詩句：
我認出風暴而激動如大海。

2014・1・28

山衣

站在天池埡口北望　無盡山脈　橫列眼前
陽光照耀　山更顯得雄偉
天上白雲　成群飛來
浮光掠影投射在群山上　瞬間
山像是穿了彩衣　一時亮麗　一時暗沈
在天・地的舞台上幻化

2014・1・30

砂卡礑

一條安靜的砂卡礑溪　溪水清澈明淨
沿小路走　聽水聲　看水色
大石小石　錯落溪間　很美

現在回想當時
就浮現我同陳諾二人走在砂卡礑路上的身影
時空是存在著記憶的定格

2014・2・15

茶鄉

抓起一把茶葉　放入壺中沖泡
屈捲的葉子　放開了自己
隨水溫　送出香氣

那茶香迎面而上　直入鼻孔腦門
剎那間　浮現雲霧中的太和　一山又一山的茶樹

2014・2・21

太魯閣山谷

人看不見自己的腦海
卻能從腦海裏湧出圖象、旋律、話語

人看不見無　卻在空　體會無

渺小的我在太魯閣山谷底　仰望山　氣象萬千

2014・2・21

芒

人如草　雜存在群體社會結構中，人與人之間
有不可言喻的疏離，又存在著不可抗拒的共生
生命中看不見的推手，將自己腰桿挺直
在迎光的風中　搖曳出自我成長的節奏

2014・2・26

鏡象

我又聽見那首歌（其實只是風吹的聲音）
不自覺地哼了起來
接著　筆就不停地畫著
畫著　像在述說一段故事
我是自己講給自己聽
所以不須掩飾　也不必看別人的反應
我說著　讓自己很高興
那時　我更自在地畫著　我曾經歷的時代

2014・2・26

黑面琵鷺的家

隨寒流南下的候鳥
七股是黑面琵鷺的居所
在單調無際的濕地上
只有風不停地吹動入冬的寒意
退潮後　裸露的沙地
在黃昏的弱光下　漸層更加分離

2014・2・26

你是我眼中的瞳仁

MARINA ABRAMOVIC的眼睛　看著對方
不作聲色專注地看著
像看穿人背後無法吐實的遮掩
人如何能把「無法吐實」的遮掩　從記憶中塗抹

2014・3・4

公文有機密

隔壁的你
從口袋掏出寫在紙條上的心願
——按圍城虛構一座逃城
效忠的表格已摺成四頁公文　塞回上衣口袋
提醒　明天後將有戰事　要刺瞎百姓眼睛
告知
「二六六六的屍體　是誰
主播知道

噓！不能說出去

裸體午餐還在進行」

註：1.二六六六、2.噓！不能說出去、3.裸體午餐、4.圍城，皆為書名

2014·5·10

日子九——理還亂

性　使人憂鬱
早過季節的花惦記蝴蝶短暫的停留
種花時　輕衫上的汗水　也濃
你愛我　我愛你　這是什麼樣的日子

2014·5·20

道德指控

一切循著後果延伸
平靜後的掙扎　更顯恐懼
燒裂的甲骨和肝臟　浮現宿命的道德律
衝撞人性快樂的本能

2014・5・26

雨過旗後

海風雷雨　巷弄濕熱
雨的美麗　白天甦醒　黃昏約會
不再等旗津街燈的朦朧
喝完越式咖啡
走上旗後砲台深赭的殘壁
全身觸覺都變得粗糙起來
紅磚碉堡
情侶

背景　城市　明信片

三張渡船往返的票

2014・6・10

日子十——寫字

之一　醫字

六月九日北上
買下一錠八寶五膽藥墨
今試之
是否醫得字病

之二　書道

拜訪老師後　返家回思昨日一席話

想書櫥掛軸上那歪斜的字　何時寫成？

今

方知心路　早早啟程日課。

2014・6・15

都更後

不可思議的貪腐　由政府公然推動
六月十一日晚　在電視政論節目
說到「桃園航空城徵地案」
有迫遷戶的癌婦　出面指控
官商勾結致使「家破」「人亡」
在場名嘴聽完分訴後　皆默然

2014·7·5

鸕鳴

鹽田水鏡 日照月映
天空星空 飛影交錯
七股鹽村 十年有人 百年荒餘
西寮路上 水天一色
入徑觀鳥 誰是來年雁
平靜水面 鸕鳴四起

2014·7·8

11號公路

急著要

一瓶解渴的山泉水　來自公路

巨大又熱情的游思。接上

新娘出嫁時的好天氣

和旅行者莫名的興奮

2014·7·8

石厝溝

遲的酸味很輕澀
少少懷疑心情
猜猜石厝溝那畝稻禾是否成熟？
熱烈的光線拍出滿滿瑞穗
風送出一山米香
浮雲轉動有淡甜
放藍的天際正是她的笑容
讓我躲進熟熱的東海岸

穿梭在山與海之間

快意的一口相思草

2014·7·9

月光小棧

都蘭山上
十里海面　太平洋幻想
攝影機是都市人

咖啡　座椅與淡靜
平台　陽傘且鬆懶
炎陽下
皮膚是魚的刺青　畫在十號明信片上寄出

2014・7・9

綠島

南島夢

覆蓋海的活力

承載魚的共鳴

鯊鯨浮起　黑潮沈潛

綠島的吶喊放逐中流出呼吸　聲聲似浪濤澎湃

滿月

闇夜　月升海面　深黑的靜
渺小孤寂的白日夢　腳步走得更自在

2014・7・25

日子十一——虛詞

人漸老　似昆蟲活著
爬是自由意志　惡的慣性・〈無限〉

死亡怎能重生
暗物質的色彩都是洞
看到・〈一切〉　皆虛詞

文字比悲劇更宿命

詮釋能審視人性真情？

言說不可及之處　是自欺？

2014・8・1

涼雲抹茶——到翠華家喝茶

幽玄亦無念
和風與涼雲
靜觀水中月
雲風舞茶色

2014・8・15

如曦

八月　走回沈澱的路　已久

清明那日　用右食指沾點鹽　淺嚐滋味
喚醒沈放多年的想念　將家門轉向自己
一本一本的雜記　真實
記在第十二頁：少女騎單車的側影　青春燦爛

如今　開往朴子溪的公車　早已停駛

時光只會讓臉孔佈滿空白
獨處是不必從生活中消失

那日相遇　捕捉蝶群竄飛的剎那
手指間纏繞的火苗　散發九層塔香氣
薰燒人性韻味　其餘
無法整理在筆記本的多次恍神於夢遊旅程的囈語：

水
我的
好朋友
淨身於言語之間無形無色等距透明體之內之外沒有痛點

吹海風——東河

熱浪　拉住
不要停下來　搖滾太平洋
陌生的
親愛的　快坐下
西南陣風
要轉涼了

2014・8・18

金針花

我們走迷在赤科山小路
時光忽忽而過
突然　有人大喊：豪雨來了
我們驚醒在金針花叢

2014・8・26

都會人風情

之一

右轉彎另換身份傾瀉無為神態在山風瀑布下寵壞一片禪心

之二

走巷弄步放慢心志專一熟識流行體態安置一己之私

之三

以為愛情潛規則盲於溫飽無心暗示物欲感動直接反射

2014·10·5

日子十二之一——安居　昔日

流亡使惡生了根
守護天使已清點過頭顱
當預言　美麗島文件出現彩虹
梅花鹿祖靈的眼睛　平安中　有草
西拉雅奮臂使江河分叉　安居在鯤鯓口中
烏魚洄游　自然且風光

2014．10．12

日子十二之二——安居　今日

惡風北兮顛作
人禍橫兮狂流
名　勢　利　不看不聽
病　老　死　口袋書冊翻翻即可
處處　淡　安　居

2014・12・30修

聲調

秋轉涼　風略帶海味
每一隻鳥都在回家的路上
靜空飛行　沒有喧嘩場景
我的聲調越來越像父親

2015・2・10

重遊安平

聲音拉進喉嚨深處　語帶陌生
名字如所有的好　圍著每一個氣息
　　懷舊又輕又新
朋友與巷弄的體態平放一床空洞
不知前方？
還有第二個天空　。　不　讓它好好睡吧

2015・2・10

日子十三——答問

人影　很長
生活中不多言　煩　由它自己寫景
美好的事　室內室外　從男到女
不語　安靜更加甜美
冬晨的陽光　送暖　書桌前　宣紙潔白
默想　塵思　慾念

墨的黑　從內心到眼神的沈　任你書寫
如你的好
從腦海裏將記憶撈起
再一次告訴自己　那無法確定的言語
靜謐中　風與光的笑聲　裸行於初衷
頓時　深感安慰

2015・2・15

岡山遇友

斑鳩捎信來
鳥飛一個熟識方向
像試穿新衣的心情奔往刻字的石頭上唱歌
大家都很高興
十八隻眼睛瞎忙　不知名的雲和樹

2015・2・18

日子十四——乙未春節

放聲後　心情開了
人也不再陌生　時間有了故事
感動　汝問安模樣　是著涼初醒　走動的招呼
和你一起過年　一起放歌野台戲
星夜依似年少浪漫　溫情點點

2015・2・22

台南保安街

披上都市五彩衣在府城喧嘩小巷裏隱行
人湊進屋簷下桌角　享受一碗避靜的杏仁茶
看著身旁老同學的臉孔　語意比茶湯還熱

對街歌仔戲　台上人影似流水
台下凝視人間一瞬　癡、迷、冷、滯

我們又移往虱目魚羹店敘舊

2015 · 4 · 8

合歡山的一天

山上
拾雲而行
低溫下　雨霧有伊之冷意
清楚看見變慢的心思　對山發情
『想』　就是一件很美的事
上坡下坡
途經你　情人相會

扶臉貼近反風向增溫的透明玻璃　可以看四面雲海
請妳繼續說下去
明日的晨曦　如何灑在胸膛
霧社和賽德克人　早有習慣收集櫻之翅膀
遨遊天地的冷靜

合歡山的一天　後記

二十年前，曾來過清境農場，當時草原，沒有圍籬，沒有旅客，只有我和珮珮，以及一攤賣水果的老婦，我們彼此問候聊天，並試嚐她所作的醬菜，新鮮並保有葉根的香氣，就買了一包；之後，繼續太魯閣的旅程。那段記憶猶新，是因為與老婦交談中，深深感受高山居民的純樸與真誠。如今，山依然壯麗，雲霧、公路仍然是我的最愛，但那份老情感、老情景已不復見。三月二十六日中午，來到合歡山，我和同行友人就到松雪樓用餐，忽然看見有一條龍從合歡山東峯下來，原來是台中某廟會的舞龍陣頭，約二十五人，帶著旗，帶著整組龍套，上山祈雨。目前，台灣正逢大乾旱，嚴重缺水，竟然有人由衷自發地到合歡山上向天求雨，關心大家的生活用水，看見這一條龍，這一幕，深覺台灣百姓的可敬和可愛。

那天，山上下雨又冷又濕，因受了風寒，下山後躺臥整日。

2015・5・21

香林路

山門　寞寞
該是上路的時候
入
翠松　蒼石　野櫻　古木
在慈雲寺小坐
一桌一椅
一人一景

濛雨自來
山說　是我
我等在上下石堦叉路口
看著妳的素顏
踏風
　以你為伴
我是慢
一口深深呼吸而沈醉大地汗水流下的唇印

2015・5・28

西海岸　五月梅雨

雨在天上
路的視野愈見寬廣如白色長袖在翻捲樂譜
下午的一齣戲琴鍵依然狂敲
是西南季風的節奏　海面　風車
　　遠方　光點
　藍色　灰藍
雨後清新　看著遠方　很遠的過去

擱淺在沙洲的舢板　很久
很久的過去　是你的花容　開始笑的時候
我記得了　雨停後的陽光

我看著妳　寫詩

2015・6・4

思春
是美麗　還是迷惑
煩憂
不知該向前走一步　或向右移
感官放開　情在跳動
跳動在眼神的重疊　交會就是一個秘密花園
人　渴望

你說話我交談　語詞明白
不要留下空洞　任由錯覺在選擇間走動
想或要　方向不在天堂
斷崖也可以通往永恆

當星空的火花迎向明亮晨光　沈默比水還多
隨風吹來的一陣人聲
風中　我看著你　寫詩
冰涼時光　甜的淚水

2015・6・23

花的影子打在臉上

六月二十三日　早晨
打開的窗　吹進暖暖南風
老街掛的小彩旗　　不時飄動
藍天的雲　越來越白
白色的雲氣　鬆鬆地包著剛甦醒的府城
尚未心動
陽光已告知今天的心情

空的街道
空的腳步
人在空的牆壁上　靜待　花的影子打在臉上

2015・7・3

人的好

人的好　簡單
無念放空並不自然
清安渺渺　坐悟吵吵
什麼是真
茶熱　心煩
人間愛情多

2015・7・3

我認得你

我認得你　在眾多耳語中更顯巨大　西拉雅
今天　陌生人還在冷觀　島嶼軀體上纍纍彈痕
不須用青天白日布旗作披肩繞場
捏造一個詞　可以做雙面人
說出一句真心話　卻可作知心友
事實總是友善的
事實就是西拉雅的好朋友

2015·7·6從翠華家喝茶回來

想親近

雷雨錯落西海岸
像濕透的婚紗閃閃千千萬萬小晶片
水一般的言語如閃電一樣明亮

高高的雲　再低一點
飛鳥　似你雲唇邊的小黑痣
讓我看清楚
在無際蛋黃色陽光裏　你飛翔海天的自在

一陣陣涼風 少少雨滴　落在臉頰上
心情　漸漸退出
頭上天空的藍　安放一片澄光　安靜走來
這麼靠近　想親近的你

註：寫作時已夜深人靜，聽著坂本冬美唱的『秋櫻』；
　母親　你還在！思念你　流的淚　比你離開時的悲傷還多。

2015・7・10

許多的花

你心裏有許多的花
讓我摘一朵　佩在胸懷
星期二　好帶著它去追風
十九號公路正風和日麗　順著草搖曳的方向
就可以找到自己的躺椅
安放在喜歡逗留的屋簷下

點根捲煙　開始說

朴子溪的流水　孩提時釣的魚
心情像天空的白雲　腳步似走　似飛
穿越木麻黃間的小路
蟬鳴一直催促
要將手中的鳳凰花帶回家
再看著　你好心情的微笑

2015・7・26

特富野古道上

在紅檜林與鐵軌的平行線之間
腳步走在特富野古道上
內心深處有時間的影子在身旁催促
下意識的夢色清冷地通向記憶的碎片在蜿蜒曲折的山路間找到了黃線
分清了厤亂思緒　我更深入你的呼吸

2015·8·7

合歡山的一天──北峰

放手
天光在山脊線上　橫走
原始石器　露臉的奇策
武嶺晨曦的空氣　將我們浮起石門山之上

雲出來　又一次
山的詩句　在雨霧中　濕潤你的毛髮
穹蒼下旋轉的天空
東峯酣睡

野草不吹

箭竹和杜鵑在戀人與密會中
聆聽你的細吟
更微於無風的聲音
是你口中的呢喃　迴繞無際無邊的天地
收不回的半言半語
單向度的我　不知為何心急

事隔二天
清晨柔軟的陽光從窗外照進畫桌攤開的宣紙
用光影將合歡山傳來的情書　寫上

2015・8・12

表情

交談中　語意內部　充滿圖像
光線　一道額前的膚色
停駐在瞳仁　揮不去的殘影
感動不同的臉孔　相同的表情
我看到你明日的微笑

2016・1・3

桂花與煎茶——到翠華家喝茶

萬兩山歸來　一株老紅
懷紙天地上　和三盆下琥珀　窗外冬雨
四野白霧　桂花平淡
一抹黃金茶水色　西門細語
遺忘一臉微笑

2016・1・16

七股暴雨後的寧靜

一天就是空氣的壽命　在遙遠的盡頭放空
不斷游離的風聲　暫停後
生存意識來到邊緣人的口中
真實或渺小　一堆的口傳歷史
海潮並不在乎　世代交替是什麼
脫離海岸線　大海就是大地的夢
陌生開始出走
新人所建造的　有星空的路　有新雨的路

2016・1・16

無言——旅人

生命不是開始於自己
　也不是自己結束
無法得知終點
當暖冬的陽光灑在候鳥的飛翼上點點發亮的翅膀
在天上放閃
　心的觸點一陣涼風

2016・2・3

我的同學 樹影與水鏡

華岡的風不曾疏離
春節帶來微雨的禮物送到德隆行館
不知從何說起怡和院　曾經分享過的午餐
髮已斑白　神情依然在字畫間笑著
時間是我們的老師　刻劃身上無華的刺青
只有火紋留下　豪放的諾言
滴落在墨池深黑的水中　染過三十三年的足跡

時間是我的感情　捲在筆簾裏安睡
一年又一年喚醒　隨口說出的初衷
待下一次再告訴你南方的故事

2016・3・6

無言二——寫漢寶溼地

人的圈子之外　預留的自由空白
用思念的一種沈默　將自己裝在濕地裏
半路折返的回聲　把風說的很清楚
事事　已靜

2016・5・4

負面

負面的話如針一句接一句穿刺而過
冷的感覺從表情感染而來
時間是律法刑場　一分一秒帶人入罪

2016·5·□

我們

七天雷雨後的空隙
一條流動紅色血管的腳踪
在七股海岸線極遠處
視線走進空氣中的寂然

你說著
清晨的愛情
手指向　驟雨下水窪裏的道路

我將你的身影轉暗
在空無的地平線寫上句點
接著簽上自己的名字

2016・5・□

合歡山的一天——東峰

正面看你　二十年後　背面看你
側影金字塔型的稜線　反射水晶透明的光彩
陽光給了一條溫暖的山路
走在其間　沈浸天地無垢氣息的氛圍裏
清淨的東峰　濁塵的人者
山風拂起　古事去煩憂

註：當攝影取景時有一句話入了鏡頭：『抓不住的就放手吧。』

2016·5·11

歌與調——竹山

落葉簌簌　呼吸杉篁間的幽玄
光線走遠
篠竹末梢的響聲　高掛
蟬鳴和風　重唱一場合笙
是歌也好　是調也罷
一把筑音上身　空竹萬籟

2016・7・16

無言三——人間

人間生死　兩口泉　水一樣清澈
誰能站在自己的上面　分離時間和空間

在一個家與另一個家當中
日子漸漸變得清晰
過往的反光和陰影　遮蔽之前與之後的自身
縮小的現在　僅剩一雙鞋

2016・7・20

步道

潮間帶傾聽　失聲的海悄悄遠退
用一種水的語言對我說：四野無人
平靜的風　飄入彩霞軀體後
如音樂一樣滑行　徘徊埠道　等著和討海人一起回家
水在沙裏再對我說：該休息了。
天色已暗　大地漆黑

2016·7·22

大窯茶香

一杯茶　是舌尖上打滾的天池
薄霧輕輕聞過　含苞在大窯山的新芽
放眼雲海晴光
和風送香山中人家

2015·11·6－2016·10·11

愛與死　從誕生就不停地走向我

愛與死　從誕生就不停地走向我
每天的黎明　撫摸火的形體
夢的性器官隱藏胸懷

一生帶著身子　行走
曾在子宮　獨處
在水中　溫暖

成熟被買
在幔子從上到下裂為兩半

看見自己

帕斯說
我們的出生就是從整體中被撕裂　在愛情裡
我們都感覺到自己在回歸原初的……　。

同一問題
同時寫入身體

圍牆內生命樹的諾言依然冰冷
我和我自己沒有風景

十八歲　青春流動快活
女坐在鷹眼中神遊
自由的滋味很淡
越過期待　什麼事都將發生

女人自由地　走在路上　很美
我一直往妳靠近
十八歲的身子一切轉動如水
窩在雙瞳中等待

不經意走入客西馬尼園的交談
微語中　愛情已漸漸染開

帕斯說
重新發現愛情就是重新發現原初的夫婦
那一對被逐出伊甸園的創造物
那一對創造這個世界和歷史的人。

愛情是傾斜　被割　從自我蛻變成自己
時間裡的玫瑰　不願作丈夫　也不要作情人
誰是現在

以大海的深度　潛入乙未八月
在已死過又活著　如真實的一個人復活

尋索雅歌上的詩句：
不要驚動　不要叫醒
我所親愛的　等她自己情願。

當你說著
早晨的愛情
手指向　驟雨下水窪裏的道路
我將你的身影轉暗
在空無的地平線寫上句點

接著簽上自己的名字

帕斯說
我們在自身之外　朝所愛之人猛衝過去
這是回歸根源的體驗　這根源在不屬於空間的處所
我們所愛的人　既是陌生的領域
又是我們出生的屋宇　既陌生　又熟悉。

誰來教我
稀薄的體香　表情是……手指的輕撫聲
雙手握住你的腳跟　好像捉住你整個身體

閉目　接觸敏感的神經滑動在小腿上
身體是唯一的窗口
　　傳送身內如大海深處的心跳

有痛的心悸
因女而歡欣
不要把門關上
外面黑暗　裏面有光

青春燃起一根香菸　吸著
粉紅色的乳頭　比裸體更接近身體
時光碰撞玫瑰

不該存在的樓梯聲繼續往上升

帕斯說
身體變成了聲音　意義　與靈魂
於是　每一次愛情都是聖餐
愛情不能給我們永生　只給我們生命。

不知為何　祂來到井邊找水
喝著撒瑪利亞婦人的心事卻沒有指責的語氣
孤單的人　平凡的生活　在愛情中打水
找不著生命的入口

身體是帶著血

存在比愛更近的燃點

閱讀過愛的渺小
讓形影融入陽光中的明暗
把影子嵌在心裏
把餘光留在閨房
光斑的烙痕　一月　一滴
長年　在手心上溫暖

帕斯如是說

在那一秒鐘時空之門裂開了一條縫隙
此岸即彼岸　當下即永恆　在愛情裏
一切都成雙　一切也都竭力要合為一體。

愛情　鮮豔的顏色滴在一切事物上

明天如何

在找到你之前
不要向記憶低頭
孤鳥的寂寞已將女的故事讀了一半
我和你的擁抱更沈重了起來
在充滿陽光的西海岸　談起家園

懷有身孕的女人已在那裡作女王
一個屬於男人的女人
一個屬於女人的男人

2016．12．.□

丙申年終

十一月　喜歡的涼風已轉成寒風
清晨溫暖的陽光　令人舒暢
尊王路口的涼麵攤子　已經搬到大勇街賣起臘肉了
二十七日　寒流帶來初冬的第一場小雨
之後　一切都冷縮起來
薄霧塵灰　府城平靜　心思緩慢

接著過年　朋友的新餐廳什麼時候開張
　　小齊的第一胎是二月？還是四月？
元月十三日是書法班第一天上課
心境隨歲月轉換
見祢的時刻也越來越近了。

2017·1·9

一目了然

不是時間
記憶　不停地翻閱日記
空虛　正侵蝕光的觸感
在道德曝曬下無處躲藏的真　沒有了影子
生活是莫內　還是策蘭
掙扎的日子　以靜止超越結束
唯有經年把風的皺紋留在臉上
方能進入內室　而一目了然。

2017・1・11

茶人無相

沒有特別想到什麼
也不要在意年份　茶是如此
經壺裏初醒後　淨化在三個柴燒杯可以興味
正如
一園暖冬
古琴古調
茶人無相

2017·3·5

再臨德隆行館

一輩子很短　因為只有一次
一天很長　因為有許許多多的一天
雖是白白的人　黑黑的世界
外面擁擠　裡面煩憂
但見老友如故　心痛快　筆意暢然
說什麼都是　是
寫什麼都是　情

2017・3・5

家園即故鄉

臨時轉行大溪
上北橫
一路溪澗潺潺
煙雨中偕友散步山林水聲
明池霧濃　濛濛無所見
下蘭陽
遠目望其平淡人家安居坐落山腳下雲深處

如古畫裏之隱世

生活中的家園處處是故鄉

中斷的樂章——憶林佛兒

2017・4・2・簡訊顯示
有人走出來了
是七十六年前紅起來　唯一的花朵
曾戰勝暴風雨及覓食的鳥兒。

起初　我們像石頭一樣
只是光，　只是
反射的光

儘管疾如閃電　如平常　越過凱旋門
那時　我的口飲酒
並在陶醉中握住生命
沒有讓怨發出碎玻璃的響聲
沒有讓鏡子複製原來的表情
在鹿寮尋找自己身上的秘密
將真實寫在兩個相愛的音節
我們談論　詩詞的含義
在筆下　敘述自由
　　　　進入　每天的重生
　　　　　　　每夜的安息
聽見西海岸嗖嗖的野草聲

開始翩動翅膀
漫遊十七號公路　宛如流浪
披上希望的色彩
踏在自己的影子
尋找曾糾纏的
境象
　　　　　重現或割捨
　　　　　　　　現實
其實，早有安排　鹽・夏
在季節的院子裏播種　隨潮汐的腳步　手握太陽西沈

在國小放學回家的路上相遇西拉雅
彼此間　口就是一首詩　隨性朗讀　隨時開心
一切顯得自在起來
不管　語詞有多殘缺　等待時間裏熬煉長大
鹽份地帶所醞釀的文字
沿著西海岸的軀體　在咕咾石上找回甜美
　　文字　是身體的一種精神
　　精神　是世界的一種創作
創作　使我的舌　保持濕潤和清醒

2017・4・28

尾道之旅

尾道波濤中船舟往返
古寺依山林立　而神社老矣
在這四月晴天
海風吹進淨土寺方丈房
門庭旁的小楓樹　靜靜站立
深紅的表情像似一位成熟的女主人　等候著。
請問
那不知名字的小路欲往何方
是千光寺或貓之細道

2017·7·3

畫畫

沒有想到　會來到這個地方
已有很多人在裏面　談論
形是試探？也是僅有的滿足
方向如此確立　走過的人卻稀少
帶你到那等距的心景背面　排列著硬冷的病床
找不著門窗　看不到風景
沒有風景　就沒有空氣

習慣於聽聞的鑰匙口　沒有回答

而現實的抖動　熱血停滯超寫實的筆尖上
脊背流下一道冷彩虹　預言名字和重量
一切都在無助起源中　躺在畫面上
不親吻　不說話
在創作之前　飢渴　是必然的

繼續向無助走去　畫室消失了　真實就在那裏
模糊和狂草　留下不忠的筆觸
穿插：裂縫　糾纏　論斷
無肌理的空間更陷入解構

山水流放　在大地輪轉　水就是火　火就是土
土　是風景的語言　演說一部無法完整的彌撒
　缺陷之餘
一陣沒有惡意的風
在宣紙翻轉時　私奔西海岸
畫，不畫　始終是一個停頓　想說的：自己而已
是　或不　從紅嘴文鳥口銜的籤詩；封印的詩句已去遮蔽
當下是結束也是開始
之後發生的　花園越來越大
創作·語言·思路　顯明過去　夢境已經撒謊過

抽象指紋　顯示
本質和象徵合成形而上的雲層　放閃陰色和陽彩
文本是風雨的前奏　　薩滿的基因　說是靈感
圖騰浮現梅花鹿和西拉雅　時間繼續壓縮畫面
不可言說　是主觀的絕望

情境熟識的寧靜——
　自童年　星空　父母　視覺　走進格爾尼卡
變相面對杜象　數位陳沭未來
每次進出　在反方向又有一扇門
不確定性的存在將開啟原生創作的燃點
仰望　深遠的銀河抽離　抽離詩人的開場白

沒有著力點才是自在的本意

我們被拘束　在建築體系內掛起自畫像

時間教導我

一件事　想是想非

下筆亦如呼吸與眼

創作是一人世界　筆跡是孤單的　色彩是我的表情

想　逾越了一切空間

光　說服了一切

曉起皇菊和蝶豆花——到翠華家喝茶

蝶豆花　醒來
水中冷冷的光　亮起
花青剔透　胭紫裸露
七色花茶的生氣　頓時澄清
心情是八月蝴蝶在皇菊上漫飛的花園

2017·9·17

萌之舞踊

之一　雪月花

紫白的和服下
　　　小腳小步走來

淡幽的身影
如書卷上滑落的斷句
雪月花……

之二　亂髮

撥絃的髮
拉出長長的細聲……
細音飄散　滿屋的亂髮

之三　鷺娘

花傘下　華麗的衣襟
要如何擺放　自在的手

之四　雪椿

野

在和服的身軀裏

一株雪椿　紅遍眼眶

之五　大奧

不須把酒飲醉

錯身的殘影

如浮草之川

如大奧中的無我

入境——漢寶海邊

九降風的海灘　水漸漸被風吹乾
　沙尚未被風吹起
眼前一片黑白　無法說話
　　在時間的心跳裏丈量空間的迷津
　指針沈潛砂土下　跳動
　　合上眼睛
　人漂流
人漂浮　在同一地點飲水

是這時機　伸手抓住世界之外的一線恍惚
　　尋覓比灰白更白的天際
一種新奇的陌生感
竟認出　比虛無更原初的　冷

2017・10・23

兩件事

不是真　也沒有假。其實是壞
抬頭看　比光還明亮的名字　周圍堆砌現實的高傲
踩在人上面的講話充滿活力　語態巫媚
在會堂上　暢言正義與蘋果
這兒的一切只值一餐吃喝
比光還虔誠的草　被踩在腳下　依然可以安睡　茁壯

2017・11・8

夢的安魂曲

為什麼一直扯我腰帶
厭煩的動作　一而再
再而三　跌回⟷起身
愛的憧憬　看不清　意識分歧路上　冷眼的星星
未明的光　浮起　是希望
不是
不是　是裂縫　躲藏著一張大雲朵　裡面有人在邀舞
不知道　這場舞　會進入你多深？

你在盒子上面跳舞？　或是裡面
請走出來　我們一同拒絕標籤
那天生下來就能看穿人內心軟弱的原我　不要讓我收縮

2017・12・22

字的思想

字是一瓣開脫的玫瑰游盪在心海中以花之名停泊筆尖上
晃動的筆觸以遲疑的光年環繞瞳孔書寫直觀
字就是道
字如刀　切割現實與我　萬物被定義
每一天的用詞都是一團文字迷宮
「我該」「思想」或放空　朗讀鏡子裏的唇語

文字是漫遊太虛的一口視窗穿梭表象與意志的世界
文字常在無助時與我為伴
帶給書寫者寧靜 並在自言自語中默寫

2018・3・3

當真相漸漸老化而光尚未來到

最後　只有罪　消逝。
島嶼繼續虛擬　真實在唯物中　西拉雅的輪廓已模糊
事實已無法告知真相
自覺陷入意識形態的環扣裏流竄
不停地　在歧路上反覆現身
喘息間　連吃喝也沈重了起來　等待
從肋下流出毫無雜質的水　可以解渴。

當２０２８年　十字架鳴叫的時候
瞽者吟唱罪的終曲　魂安鯤鯓
直到２０４８真光的降臨

2018・4・14

安靜的手語——到翠華家喝茶

又是清明　風起　雨未至
思緒波動　茶席座上還沒平靜
將品嘗後的茶葉　倒置白瓷盤中
看著四種不同深淺光澤的草赭色葉子
有一種生命轉化的餘光
手握著竹泉花清杯　寫著「松雲幽居」
當下　收起了耳目　心也順著放寬下來

2018・5・13

清境

請問芳名
住在山谷裏的女孩
雲何時來

我們在見晴山莊的搖椅上
聊起山居的日子
雨悄悄地走過來聽
雲卻在山間神遊

一會兒在奇萊
一會兒在能高
像一群沒有懸念的飛鳥
在清境安居

2018・7・21

碎碎的雨

七月天　下午六點　南島氣候　多雲雷陣雨
騎上小機車　前往新興路「垃圾市」黃昏市場
老街人車擁擠　攤販叫賣　油雞　爌肉　水煎包
花店也溢出青草香氣　還有小時候吃的潤餅

陽光慢慢轉泛成淡淡琥珀色　人的臉好像被貼上了金箔
天空中飄落幾滴碎碎的雨　我行在其中
涼風　陣陣撩起府城的曾經　念舊的寂寞頓時全湧了上來

我聽見
「我感到
我今天還活著　活在一個紙做的假地方。」張棗這樣說
琥珀色光線鎖住這一切
吳郭魚依然張著大嘴在呼吸
那要拜拜的三牲　拿去那兒？
小廟傳來鐘鼓聲
我已跟著媽媽的菜籃子走進「保安市場」
記得
店家這樣問
這個小孩是妳兒子嗎？

2018・9・6

山河無盡

山搖之後
一切空　從天上翻了下來
寬廣　在眼睛正前方　無限自然
我的山　我們的山　你的山　你們的山
無為　牽著雲　暫住。

2019·1·8

朗讀水墨

用眼睛頂著風　我是活生生的　朗讀水墨
騎著深色的夜　一路掠取火光
年少時的靈感　不察覺地　美感很快就有土的重量
之後路也有了長度
創作卻像火焰一樣強悍　燃燒一切
最後灰燼如花　靈感蔓延
創作來自虛空

在超驗裏燃起火的概念
化做蝶飛　在脆弱的腦海產卵
……印象・抽象……寫實・超現實　……
尚未發生
或許蛻變是創作的棲息地　將墨的根覆蓋水的天性

在墨與水的雙重誕生之前
就已有絕望與興奮之間游洄的墨痕
這是　黑　古老的名字
又有一個遙遠又相近的名字　水墨西拉雅

第一天是　光的日子

光在土的中心線上　沿著心景的軌跡前進
太陽赤身　放空遊蕩　尋求有水的文字
宛如我的思想在寫生
當光打開天地一重又一重的山河
順著影子移動　畫作自然亮了起來
有光的地方　就有創作的話語

運筆於五行六氣
真如　山搖之後　一切空　從天上翻了下來
寬廣　在眼睛正前方　無限自然
我的山　我們的山　你的山　你們的山
無為　牽著雲　暫住

洞見留白　非空　非虛　亦陰　亦陽

何不自己走近　看個明白
物自身消失點的氣韻
水在那裏流失
墨就在那裏升起

第二天　要有水
洪水之後
每一滴雨　都是一個將要消失的靈魂
短暫的旅途　只能在風中自言自語
雨的根却留住　創世之初的水

從千古坐化的奇萊凌空撒下一道天水
飄渺間
虛無開創山河　山河滾動水的意志
意志決定面對不可知的巨大未來
重生
新生的水　在福磯錐麓的溪谷中　鳴叫
在筆與墨的肢體度量下
以具名的羊書字跡　刻寫皴痕於岩彩之上
那是疾雷在宣紙上劃下一道破空的暈染
另外的雲
只能在歲月的風中
在所有的夏天　吹過樹的深綠

一切都有水　一切皆神聖　藝術是一切
從第一個夜晚　到最後一個白天

直到筆禿墨枯　殘卷依在
筆洗裏的一縷墨絲　還在攪動山河
西拉雅已在自己的土地上吐露出名字和舌尖
每天將水飲飽

第二天之前　火已熬煉出水墨創作的抗體
也許是　一場重病
拖著生死不如的憂傷
常在人事物中徘徊

渡過失色的十個寒暑
心底明白　身子已經重了
總要寬心以對　無聲無息無形無色的空白
一紙水墨
是一場混沌
像是一株在陽光下剛萌芽的幼苗
看是看見　卻看不清楚如何長出枝葉
像空靈—虛無　靜謐—幽玄　這類名詞的意涵
說是說了　卻說不明白
只會更加　混亂—曖昧

策蘭說

「站起來對抗　五光十色的含義」
或許　自覺—無助　才是創作的原力
沒有他者　沒有樂器
「只有光」和「沒有光」作選擇
光的色彩就是音樂
接近光　就更了解畫的表情
我與筆墨之間　因選擇　使得創作可以共生
那麼「拾回」的意義　成為「密契」的交流
而有一事　我正在畫　那就是「給予」

光是眼睛的啟源
眼睛是藝術的啟源

在無窮盡光譜中的一個休止符——單眼
給了美的啟示
使故事能發生在腦海小小的空間
投射出人被創造的形象
而複眼　是人的心思
在意念中　所有一切形式
透視了時間的現在　空間的這裏
形沒有了相　色失去黑白
美感因好惡而乏味　思考純為想像
形式已非內容　理性再也無需辯證
藝術的火花　在頃時　奔放在靈感的筆觸

曾經
『在我眼裏　在我思想　描繪出一雙有光的眼神
從臉的輪廓　五官的分析　似乎不需用理論的規器
只要坦然地賦予它所應得的美感
而技巧的成熟是奠基於素描能力的雄厚
換個角度　撇去這所有的一切　直覺地從人性
最易碰觸的情感　去體會哭笑悲歡的印象　或
笑僅是一個上弦月　哭是一個下弦月　或
笑為一束亮光　哭為一面陰影　或
笑是眩亮的刺激感　哭是一味的頹廢動作　然而
人　純天性的批判能力　經驗所給予的傳達本能
由形式象徵　抽象感受　所得到最直率的感應

無非都是純粹理性的批判　然而精神的官能
卻能將美感的印象　成為自己珍惜的記憶　畫家的靈感
正是官能的刺激　而又超越於官能之外
藝術理念的拓荒　再不是物的形數和快樂所能感覺到的
即使人心裏有快感　也無法了解創作的美和一個自我實現的抒情
美的存在　乃要人亦包容於美感之中

因人　本身就是一種美感』

十九歲　走過搖滾時代
所有的接觸都放大了刺激
只有顏色是我最精確的記憶

在水　火　諸色相的世界裏
太魯閣的岩彩
帝雉的羽衣
平埔族人的膚色
皆隱含著　美　真實的數據
我曾看到　豐山與土石流　如異域
我曾看到　西海岸小漁村的衰微　如流水
我曾看到　憂懼和仇恨在我面前　卻退縮逃避
我曾看到　感情和羈絆　而沈溺於畫畫之中
我曾看到　世界的光和道路在人裏面　而心生敬畏

我看見　所以我書寫

而創作　平常的神思
在我血管衝撞
這是最寧靜的台灣
這是最純的水墨

漁場街1號

2019・2・13遊　3・16寫

三年前的約定　寫成一張藍紙
在相遇的秘密裏
月牙弧線
以浪的痕迹而來
我們進入
再從中洄溯
不能褫奪的一條白線。

走出門外
隨著風的方向　看去
七星潭
月牙弧線
潔白的浪花
如女海神胸前明亮的一串珍珠項鍊
這時　一輛粉紅色小巴士
開到漁場街的盡頭
在海的面前停了下來
像似開進了她的乳溝　準備擁抱海的吹息
不多時

弱弱的雨滴　似吹似飄
輕觸臉上
我慢慢地吸入
一口煙的放鬆
再走回漁場街1號吃上幾口鰹魚生魚片和老茶

窗外
孤立的椰子樹　葉如長髮
室內
沒有人會在意　有誰在這裡
時光　被孤立在浪的音階裏

對街魚販聲又響起

交錯著

霖聲

樹聲

語聲

心思　已私奔玻璃窗外陣陣來洄的浪潮

一張藍紙　一條白線

作者簡歷

陳志良

1955 出生於臺南市
1975 師事朱玖瑩先生研習書法
1978至1982 就讀文化大學美術系
從歐豪年、江兆申等老師研習水墨
1984 與陳芷農先生書畫聯展
1985 臺北市新生畫廊個展
臺北市敦煌藝術中心聯展
1986 臺中市名門畫廊個展
1987 臺南市體育館個展
1989 臺北市敦煌藝術中心個展
臺中市當代畫廊個展
1989至1994 「臺南市美術家聯展」文藝季美展

1990 臺南市收藏家畫廊個展

1992 臺南市文化基金會執行委員

1994 臺南市友愛堂藝術中心個展

1996 臺南市美術展覽會籌備委員

1997 出版《臺灣山水》水墨畫冊第一集

1999 臺南市新心藝術館「臺灣山水」現代水墨個展
臺中市塞尚畫廊「臺灣山水」現代水墨個展

2000 臺中市立文化中心「臺灣山水」現代水墨個展
臺南市立文化中心「臺灣山水」現代水墨個展
「府城美展」評審委員

2001 高雄市名展藝術中心「臺灣之美」聯展

2002 畢業於臺南神學院神學研究所
臺南市梵藝術中心「臺灣山水」現代水墨個展

2005 臺南市新心藝術館「臺灣新詩」書法暨花卉展
臺北市天使美術館「臺灣山水」現代水墨個展
出版《臺灣山水》水墨畫冊第二集

2007 臺北市立美術館「水墨變相——現代水墨在臺灣」聯展
臺南市索卡國際藝術中心「臺灣山水」現代水墨個展

古風書藝學會理事長

出版詩集《和風・人隨行》

2008 臺中市傳妥美術館「臺灣人」個展

2010 臺南索卡國際藝術中心「臺灣山水、臺灣人」陳志良創作展

臺南加力畫廊「泡故宮——從後遺民到後現代」聯展

2011 高雄新思惟人文空間「臺灣山水與書藝」個展

2012 臺南白鷺灣建築文化館「臺灣山水」陳志良水墨個展

2013 臺南加力畫廊「水墨西拉雅」陳志良個展

日本大阪 Sniff Out 2013 國際藝術展

2014 日本飯田下伊那現代藝術文化交流展

出版《水墨西拉雅——陳志良作品集第三冊》

2015 高雄新思惟人文空間「水墨西拉雅」陳志良書畫展

2016 臺南 B.B.ART「水墨西拉雅」陳志良個展

2018 臺南甘樂阿舍畫廊「水墨西拉雅」陳志良個展

詩集入選為臺南市作家

2019 臺南文化中心「世代差異——臺灣中生代水墨畫的主流變奏」聯展

臺南文化中心「文本與散體」陳志良書法個展

「臺南作家作品集」第八輯 05

和風 人隨行

作　　者／陳志良
總　　監／葉澤山
編輯委員／李若鶯、陳昌明、陳萬益、張良澤、廖振富
行政編輯／何宜芳、申國艷
社　　長／林宜澐
總 編 輯／廖志墭
編輯協力／林韋聿、謝佩璇
企　　劃／彭雅倫
封面設計／黃子欽
內文排版／藍天圖物宣字社

出　　版／蔚藍文化出版股份有限公司
地址：10667 臺北市大安區復興南路二段 237 號 13 樓
電話：02-22431897
臉書：https://www.facebook.com/AZUREPUBLISH/
讀者服務信箱：azurebks@gmail.com

臺南市政府文化局
地址：
永華市政中心：70801 臺南市安平區永華路 2 段 6 號 13 樓
民治市政中心：73049 臺南市新營區中正路 23 號
電話：06-6324453
網址：http：// culture.tainan.gov.tw

總 經 銷／大和書報圖書股份有限公司
地址：24890 新北市新莊區五工五路 2 號
電話：02-8990-2588

法律顧問／眾律國際法律事務所　著作權律師／范國華律師
電話：02-2759-5585　網站：www.zoomlaw.net

印　　刷／世和印製企業有限公司
定　　價／新臺幣 320 元
初版一刷／ 2019 年 11 月

ISBN 978-986-98090-5-4
GPN 1010801495
臺南文學叢書 L116 ｜局總號 2019-500 ｜臺南作家作品集 52

國家圖書館出版品預行編目（CIP）資料

和風 人隨行 / 陳志良著 . -- 初版 . -- 臺北市 : 蔚藍文化 ; 臺南市 : 南市文化局 , 2019.11
面；　公分 . --（臺南作家作品集 . 第 8 輯 ; 5）
ISBN 978-986-98090-5-4（平裝）

863.51　　108014806

臺南作家作品集　全書目

● 第一輯				
1	我們	・黃吉川 著	100.12	180 元
2	莫有無一心情三印一	・白聆 著	100.12	180 元
3	英雄淚一周定邦布袋戲劇本集	・周定邦 著	100.12	240 元
4	春日地圖	・陳金順 著	100.12	180 元
5	葉笛及其現代詩研究	・郭倍甄 著	100.12	250 元
6	府城詩篇	・林宗源 著	100.12	180 元
7	走揣臺灣的記持	・藍淑貞 著	100.12	180 元
● 第二輯				
8	趙雲文選	・趙雲 著 ・陳昌明 主編	102.03	250 元
9	人猿之死一林佛兒短篇小說選	・林佛兒 著	102.03	300 元
10	詩歌聲裡	・胡民祥 著	102.03	250 元
11	白髮記	・陳正雄 著	102.03	200 元
12	南鵲是我，我是南鵲	・謝孟宗 著	102.03	200 元
13	周嘯虹短篇小說選	・周嘯虹 著	102.03	200 元
14	紫夢春迴雪蝶醉	・柯勃臣 著	102.03	220 元
15	鹽分地帶文藝營研究	・康詠琪 著	102.03	300 元
● 第三輯				
16	許地山作品選	・許地山 著 ・陳萬益 編著	103.02	250 元
17	漁父編年詩文集	・王三慶 著	103.02	250 元
18	烏腳病庄	・楊青矗 著	103.02	250 元
19	渡鳥一黃文博臺語詩集 1	・黃文博 著	103.02	300 元
20	噍吧哖兒女	・楊寶山 著	103.02	250 元
21	如果・曾經	・林娟娟 著	103.02	200 元
22	對邊緣到多元中心：台語文學 ê 主體建構	・方耀乾 著	103.02	300 元
23	遠方的回聲	・李昭鈴 著	103.02	200 元
● 第四輯				
24	臺南作家評論選集	・廖淑芳 主編	104.03	280 元
25	何瑞雄詩選	・何瑞雄 著	104.03	250 元
26	足跡	・李鑫益 著	104.03	220 元

27	爺爺與孫子	・丘榮襄 著	104.03	220 元
28	笑指白雲去來	・陳丁林 著	104.03	220 元
29	網內夢外—臺語詩集	・藍淑貞 著	104.03	200 元
● **第五輯**				
30	自己做陀螺—薛林詩選	・薛林 著 ・龔華 主編	105.04	300 元
31	舊府城・新傳講—歷史都心文化園區傳講人之訪談札記	・蔡蕙如 著	105.04	250 元
32	戰後臺灣詩史「反抗敘事」的建構	・陳瀅州 著	105.04	350 元
33	對戲，入戲	・陳崇民 著	105.04	250 元
● **第六輯**				
34	漂泊的民族—王育德選集	・王育德 原著 ・呂美親 編譯	106.02	380 元
35	洪鐵濤文集	・洪鐵濤 原著 ・陳曉怡 編	106.02	300 元
36	袖海集	・吳榮富 著	106.02	320 元
37	黑盒本事	・林信宏 著	106.02	250 元
38	愛河夜遊想當年	・許正勳 著	106.02	250 元
39	台灣母語文學：少數文學史書寫理論	・方耀乾 著	106.02	300 元
● **第七輯**				
40	府城今昔	・龔顯宗 著	106.12	300 元
41	台灣鄉土傳奇 二集	・黃勁連 編著	106.12	300 元
42	眠夢南瀛	・陳正雄 著	106.12	250 元
43	記憶的盒子	・周梅春 著	106.12	250 元
44	阿立祖回家	・楊寶山 著	106.12	250 元
45	顏色	・邱致清 著	106.12	250 元
46	築劇	・陸昕慈 著	106.12	300 元
47	夜空恬靜—流星 台語文學評論	・陳金順 著	106.12	300 元
● **第八輯**				
48	太陽旗下的小子	・林清文 著	108.11	380 元
49	落花時節：葉笛詩文集	・葉笛 著 ・葉蓁蓁、葉瓊霞 編	108.11	360 元
50	許達然散文集	・許達然 著 ・莊永清 編	108.11	420 元
51	陳玉珠的童話花園	・陳玉珠 著	108.11	300 元
52	和風 人隨行	・陳志良 著	108.11	320 元
53	臺南映象	・謝振宗 著	108.11	360 元
54	天光雲影【籤詩現代版】	・林柏維 著	108.11	300 元